千年の戀

宮本玲子

文芸社

千年の戀

目次

第一部　短歌《うた》で綴る源氏物語五十四帖

第一部　短歌《うた》で綴る源氏物語五十四帖

一　紫襲
むらさきかさね

物語の冒頭「桐壺」巻は時の桐壺帝の桐壺更衣への寵愛から始まる。数多の後宮の中、寵を一身に鍾めた女性に対する妬み、嫉みの凄まじさはただでさへ弱弱しい更衣を次第に追ひ詰めてゆく。

いちにんの寵をきそへるあやふさの風の襲《かさね》の裾に霜置く　「桐壺」

白楽天の『長恨歌』を彷彿させる書き出し。漢学と国風文化が一体となつた美的世界がどのやうに作者紫式部によつて紡ぎだされてゆくのか、まことに興味深い。

御しがたき戀の嵐に靡くかなひともと昏き桐の花房　「桐壺」

やがて桐壺更衣は懐妊、男子出生。これこそが光源氏である。

つきつめて思ふは冥しひたぶるの戀の寵《めぐみ》に生《あ》れしみ子はも　「桐壺」

帝の喜びはこの上ないが、病を得た更衣は里へ下がることを懇願、叶へられるものの、すぐに儚くなる。宮中に残した愛し子が三歳になつた折である。

生《あ》れし子のいのち清しき卯槌《うづち》かないましばらくを筆にまかせて　「桐壺」

源氏は十二歳で元服、帝の元には藤壺の女御《にょうご》が入内《じゅだい》。彼女は亡き母桐壺更衣に生き写しであった。

右桐壺左藤壺あくがれの母にしあればやがて藤壺　「桐壺」

元服後、源氏は四歳年長の左大臣の姫君葵の上と結婚する。気位の高い女性であった。

花葵意志もつことの哀しみのつひに靡かぬ女《ひと》と知るべし　「桐壺」

ある雨の夜、源氏は経験豊富な先輩たちの女性論に付き合はされる。世に言ふ「雨夜の品定め」である。

物忌の長き一夜が語る戀こひに晩生《おくて》のビナンカヅラに　「帚木」

この女性談義はまだ経験の乏しい源氏に相当の影響を与へたのか、戀の渉猟がここより始まる。

愛戀と好きとのあはひ烟《けむ》りつつ君はいつしかまことのをのこ　「帚木」

世界第一の『源氏物語』が成つたのは仮名の普及に依るところ大である。

カナカナと假名でなく蝉かき散らすうたこそ良けれこれの世のゆめ

かつて卒論で取り上げた『源氏物語』を再読し、思ふままにうたで詠む、夢のやうな再会である。

ものがたりよみ解く隙のうたがたりこれより先はうたにあそばむ

二　忍戀《しのぶる》

藤壺への想ひを心に秘めつつも、「中の品」の女性を追ひ求め、源氏の心の旅は始まる。

相見たき花房とほき方違へかいま見たるはそよ萩の露　「帚木」

その女性こそは、訪れた紀伊守宅の父の後妻空蝉であつた。

そそられていよよ慕らむ男《を》の心月は有明君は中の品　「帚木」

源氏の想ひは拒まれてさらに炎え上がる。

好きとまめこの裏腹やさはれ戀一度の逢ひの忘れ難しも　「空蟬」

源氏を避け続けながらも、空蟬には心残りもある。

拒みつつ想ひもつのる忍戀《しのぶる》薄衣のこしこころのこして　「空蟬」

再び忍んできた男の気配を察して逃げた空蝉の替はりに、取り残された軒端荻と源氏は契りを交はす。

ならざらむ戀は戀なれ逃げ水のむさし野に咲く花もまた良し　「空蝉」

源氏十七歳、六条御息所の許に忍び通ひの途次、乳母の住居に立ち寄り、近くに夕顔の咲く家を発見する。

昨年《こぞ》の夏曳きさて幽けき夕顔やさそふ水あればいなむ風情　「夕顔」

夕顔を折らむとすると少女が白扇を差し出す。源氏はこの家の女主と契るが、何と彼女は頭中将の女であった。

白扇に瓢《ふくべ》清しきこの逢ひの行方おそろし人に知られで　「夕顔」

夕顔はおっとりとした女性で、源氏を拒むでもなく、流れに身を任せて生きる女のやうであった。

大様《おほやう》はをうなの美徳生きつつは靡くほかなしこひを戀して　「夕顔」

夕顔を殊の外いとほしく思つた源氏。明け方耳にした隣家の商人の会話に興味をそそられる。

賤が家に君きく声の鮮らけし戀に虚ろの身にあざらけし　「夕顔」

くつきりとした自己認識と観察眼をもつた紫式部といふ女性が、千年前にこの大作を編み出した。

たましひを汚すものなし絢爛の戀を生死を女《をうな》がかたる

三　天の戀人

六条御息所は物語中、最も教養高く、美しく、気位高い女性であつた。

からうじて思ひたちたる朧月夜六条京極門は燻らむ　「夕顔」

御息所方に宿りした光源氏の後朝《きぬぎぬ》に色を添える花花、槿を手に抜きん出た男振りではある。

夕顔がかたる一行槿《あさがほ》は霞む朝を戀に潤みつ　「夕顔」

夕顔との戀に溺れた源氏は彼女を某院に連れ出すが、脅えた女は得体の知れぬ生霊に取り憑かれたか頓死する。この事はいっさいが秘密裏に、従者惟光により処理された。

ぬばたまの夜のことばは解けにつつ果てたりけりな見知らざる戀　「夕顔」

舞台は北山へ。「わらは病」にかかった光源氏は高名な聖を訪ねた山深くで愛らしい少女をかいま見る。この少女こそ後の紫の上。父兵部卿宮にはうち捨ておかれ、祖母のもとでひっそりと暮らしている。

たなし小舟ゆめのかひなを漂ひぬ絵の北山に花折れ少女　「若紫」

走り出てくる少女は天真爛漫、瑞々しい運命的な出会ひであつた。

小柴垣よりのかい間見走り来る童女語ればさらにあやふし　「若紫」

亡き母桐壺更衣、生き写しの義母藤壺、そして藤壺に似た少女。若紫は藤壺の姪にあたる。

二重《ふたへ》うつしおもかげうつしの企みや見ざる母そは天の戀人　「若紫」

美しく女性に優しい理想の男性光源氏。その戀の物語はさながら当時盛んであつた大和絵を見るやうである。

北山より播磨にいたる屏風絵の明石の浦に結ぶ絵詞《えことば》　「若紫」

北山の少女をどうしても引き取りたい光源氏、祖母は彼女の幼さを憂ひつつ拒み続ける。

さらぬだにゆめをゆめ見るみやび男の北山参り月は隈なし　「若紫」

二条の院に引き取られた少女は、優しい庇護者光源氏と夢のやうに楽しい日々を送る。

就中《なかんづく》少女をさなき雛あそびゆめのつづきはゆめな想ひそ　「若紫」

源氏物語を再読するきつかけは恩師塚本邦雄によつて与へられた。なんとか詠み遂げたい。

ルビコンを渡ればきかぬ後戻り肩の鸚哥《インコ》がやけに五月蠅い

四　戀はくれなゐ

末摘花は今でいう紅花。ある日光源氏は大輔命婦《たいふのみやうぶ》といふ女性に亡き常陸宮の娘はいかがと水を向けられる。

誘《おび》かれてそぞろすずろの男心や琴《きん》の音月影破れ透垣《すいがい》「末摘花」

光源氏は尾行してきた頭中将との戀の競り合ひの末に、想ひを遂げることができたものの、翌朝まさ目に見た彼女の容貌に愕然とする。この辺り作者の筆は殊に冴えてゐる。

酔狂は外れて清し踊る笙わらふ篳篥《ひちりき》宴はたけなは「末摘花」

紅花の姫君は清貧の中にあつても高貴な心の持ち主であつた。光源氏は彼女を見捨てることはなかつた。

戀にとはき紅花《べに》の君こそ貴《あて》なりきたらひの水に星を映して　「末摘花」

正月七日恒例の男踏歌をおつぽり出して末摘花を訪れる光源氏。

皮留久佐乃皮斯米乃刀斯《はるくさのはじめめとし》男踏歌避けて訪《おとな》ふくれなゐの戀　「末摘花」

朱雀院の御前で当代切つての美男頭中将と光源氏が共に舞ふことに。光源氏が際立つて見える。

青海波舞へばみやびに散るもみぢゆかりの君に心揺れつつ　「紅葉賀」

二月十日過ぎ藤壺は皇子を出産する。帝は心から喜ぶ。母となつた藤壺は次第に勁い女になつてゆく。

母となれば心は勁《つよ》き紫藤かな意思もつ花の哀しみといへ　「紅葉賀」

亡き母を慕ふ如く藤壺を戀した光源氏、しかしそれは叶ふ筈のないことであつた。

紫はその色ゆゑにゆかしけれされど禁色つひに叶はじ　「紅葉賀」

正妻葵の上に比してまだ少女の若紫、光源氏に甘えつつ育てられてゆくさまは愛らしい。

若草の君の御髪《みぐし》のらうたけれ遊びを共にしつつ育む　「紅葉賀」

年嵩の女房の中にも魅力的な女性が居るのは世の常のこと。源典侍《げんのないしのすけ》を巡る頭中将と光源氏の戀がコミカルに描かれる。

「すさまじきもの嫗のけさう」君うたへ われもうたはなくれなゐの戀

「紅葉賀」

王朝の男性は一夫多妻制の中でいかに公平に愛するか、意外に苦労が多かったのではないだらうか。

呼び合ひて一人を戀ふる戀ならでおほどかにひろき戀ぞくれなゐ

五　こひごころ

紫宸殿の桜の宴の夜、酔つた光源氏は弘徽殿を忍び歩き、擦れ違つた女性と契りを交はす。朧月夜の君である。

みやびやかに闌《た》けゆく宵や花の宴酔ひて見《まみ》ゆるうつつこそ　ゆめ　「花宴」

この出会ひが深刻な事態を起こす引き金となる。

下襲《したがさね》すそながながし藤の宴果てたる後の再会《あひ》いまいまし　「花宴」

仕掛けた光源氏、ふつと応じた朧月夜。二人はうたを交はす。戀はうたに託すものであつた。

うたは文その字余りのこひごころ流してみせう軽羅《うすもの》まとひて　「花宴」

なぜか夕顔、葵の上の死の場面に現れる六条御息所の生霊、彼女の高いプライドが嫉妬に繋がるのか。

水底《みなそこ》に積む雪もある　貴《あて》なるは哀し六条御息所　「葵」

光源氏の正妻葵の上は男児を出産して後、薨《みまか》つてしまふ。気位高く夫に心開かなかつたこの女性が何故か私は好きである。死を目前にしてやうやく妻をいとほしく思へるやうになつた光源氏。

二十六を一期となして消ゆる花葵と知ればこころ解けゆく　「葵」

五十四帖の物語の中の何をどう拾ひ上げるか、心してかからねばならない。

一帖に一首を限る　捨てにけり拾ひにけりなまどろみの中

それにしても千年前に成った『源氏物語』の登場人物、今に生きる我々になんと近いことか。

読むほどに深くなりゆくものがたりこの直情にたわむことばは

信頼し切っていた父がある日突然男に変身する。光源氏と若紫との新枕の場面。

をみなとなるは哀しき少女草《をとめぐさ》手折《たを》る無理強い　倒《たほ》るる辛さ　「葵」

老女房源典侍《げんのないしのすけ》と光源氏の逢う瀬のさなかを襲ってしまう頭中将。コミカルで迫力がある。

よぢれつつ笑ふねぢ花　逍走などもつてのほかの後朝に思ふ　「紅葉賀　葵」

数多の参考文献や塚本邦雄師の天よりの声に耳を傾ける時、源氏物語五十四帖詠などといふ向かう見ずなことはとても出来なくなつてくる。

向かうからハウンドドッグが駆けてくるいつぽん道はとてもこはさう

六　つまごひ

六条御息所の姫は斎宮となり伊勢へ旅立つことに。同行する御息所を光源氏が野の宮に訪ねる描写は特に趣深い名文として知られる。

野の宮に秋ゆく気配立ちにつつあはれは優れり夕べの行《くだり》　「賢木」

桐壺院は遂に崩御、院こそ光源氏の父、大いなる庇護者であつた。

まなかひに大樹くづほる血の外のなにを見据ゑて文《あや》の縦糸　「賢木」

院の崩御の後、藤壺は突然出家。あたかも光源氏の戀情を断ち切る如くに。

絡みては解《ほど》きかねつるさねかづら断ち切りたれば　さはやかに母　「賢木」

朧月夜との戀も忘れ難い光源氏。ずるずると続くこの戀が意外な展開を引き起こすことに。

想ひ断ち切る切れざるしどけなさ戀にその身も冥みゆくかな　「賢木」

朧月夜との密会、それを機に弘徽殿方の怒りをかった光源氏に対し宮中で逆風が立ち始め、流れは一気に反光源氏へと加速してゆく。

風評は靡く尾花を貶むる不利被《かうむ》るも天にゆだねて　「賢木」

六条御息所と姫の斎宮母子の伊勢への下向。桐壺院の崩御、藤壺の出家、朧月夜との密会の露見などさまざまなことを描いて「賢木」の巻は物語の新たな展開を読者に予感させる。

ながながしこの一帖が切り通し流離の果てにことばひらける　「賢木」

花散里は故桐壺院の女御であった人、子もなくしづかに暮らす彼女との逢ひに光源氏はひとときを心癒やされる。

花散るも花は零《ふ》らざるこの里に気配やすらぐ　橘の香　「花散里」

宮中の雰囲気を感じとった光源氏はぬきさしならぬ事態の到来を前に、自ら須磨へ退居する。今は光源氏にとって一の女性となった紫の上を京にのこして。

さにつらふ妹にしあれば嵐吹き荒ぶ都に措きてや来べき　「須磨」

須磨の寓居にもをりふしの移ろいはあつた。ほぼ一年を経た春のある日、寓居は猛烈な風雨に襲われる。

見る見ざるさながら移らふをりふしを須磨に降りくるひぢがさ雨は　「須磨」

ひぢかさ雨…にはか雨

物語を辿りながらうたを詠む私のよろこびを子どもたちは分かつてくれるであろうか。

起きがてのしどろもどろの読み下しとどめ置くべき二人子がある

七　一縷の戀

嵐の去つた明け方、いかなる縁か、明石入道が夢に導かれたと光源氏に迎への舟を差し向ける。

藻塩たれいつまで流謫《るたく》　あらし和《な》ぐ海面を明石へ風がみちびく　「明石」

明石の地では運命的な女性との出会ひが待つてゐた。「三夕」の中の一首「見わたせば花も紅葉もなかりけり浦の苫屋の秋の夕ぐれ」（藤原定家）はこの明石の巻をモチーフにうたはれている。

花も紅葉もなきこの浦の夕べこそそこはかとなく艶めかしけれ　「明石」

明石の君は作者紫式部の理想の女性像のやうにも思へる。彼女はシンデレラストーリーの主人公になつてゆく。

内よりは崩れぬ女《をみな》、心ばせあるなつかしさ、影は重なる「明石」

父明石入道に手ほどきを受けた彼女は箏と琵琶の名手でもあつた。後に登場する宇治十帖の大君も何故か彼女に似てゐる。

琵琶と箏継がれ継がるる調べそは深み深まる宇治川の淵「明石」

三年足らずの須磨、明石での生活。秋七月に源氏帰洛の宣旨が下される。

帰りきたる君が抱けば日月《じつげつ》は漂ふ如し一日、二日、五十日《いか》　「澪標」

明石の君は光源氏との間に一女をなす。大願成就した明石一家はこれも宮中復帰の大願成就を果たした光源氏のお礼参りの一行と住吉大社で鉢合はせしてしまふ。

大願は成就するとき哀しみとはちあはせする住吉詣で　「澪標」

訪れ絶えて久しい光源氏を唯一の頼りに待ち続ける末摘花。古ぼけた邸宅は手入れもままならない。

あざらけきこの紅花や貴《あて》ならむ一縷の戀に逢めぐらせ　「蓬生」

ある夜、藤の花が月光に揺れる荒れ果てた邸宅前を通りかかった光源氏は、見覚えのあるこの家の庭に降り立つ。

荒びつつ誘ふ藤の香降り立てば狐化けたるや狩衣の君　「蓬生」

十六帖「関屋」の冒頭の部分、逢坂の関で光源氏は空蟬と行き合ふ。

逢初《あいそめ》の関は越えざる君とわれふとしもこころは通ふ　石山「関屋」

幾度読み返しても、新しい発見があり、感銘を受けることのできる『源氏物語』は私にとつて一生のパートナーとも言へる。

戀ひわびて死ぬる香《かをり》のゆかしきに片戀ひ嫗いつまで少女

八　むつかしき戀

物語に絵をつけ競ひ合ふ「絵合」は当時の優雅な遊び。須磨の日々を物語に仕上げた光源氏の絵が人々を驚かせ勝ちを得る。

雅びかな遊びの果ての絵合《えあはせ》の盗まれざるは須磨の絵日記　「絵合」

ためらつていた都への移転を決めた明石の君には光源氏の心遣ひが身に沁みた。邸には明石を想はせる安らぎがあつた。

つひに見る大堰の邸《やかた》　松風に響きあひ会ふ琴《きん》こそ愛《かな》し　「松風」

光源氏は明石の君の姫を紫の上の養女にと切り出した。彼女はこの申し出を意外とすんなり受け容れる。

妬み妻ちご受け容れて平らかにあればこころはいはけなき人　「松風」

しかしこのことは明石の上にとっては辛いことではある。

卑下しつつ待ちて待ちつつ相見ざる君に委ねむいのちの吾子　「松風」

生みの母と育ての母、この成り行きを自らに得心させる明石の君、姫の想ひはいかがなものであったらう。

雌蕊《しべ》と雌蕊《しべ》触るなへはらりてのひらの姫のうなじに哀しみが零《ふ》る 「松風」

桐壺帝死去の後出家した藤壺が逝き、ある僧都が意を決して冷泉帝に実父は光源氏であることを伝へた。

ゆめの母現《うつつ》の義母なる人は逝きつひに来れり告知のとき 「薄雲」

朝顔は故桐壺院の異母弟故桃園式部卿宮の姫君である。光源氏はかねて一目見ただけで心に残っていた。

桃園に朝顔咲けば絡みあひ血縁地縁むつかしき戀　「朝顔」

朝顔は今までの姫君たちの中でも最も源氏に冷ややかであつた。

見し花は折らで済まざる　この仕懸け峻拒せむとて朝顔は咲く　「朝顔」

一方でかつての女房源典侍《げんのないしのすけ》、老女が光源氏に胸ときめかすさまを描いて笑はせる。

面白き老女の戀など鏤めて君が笑へば恥《やさ》し渉猟　「朝顔」

一夫多妻の王朝時代と対照的な現代、自らの老後を重ねて思ひみると…。

百年を古りて籠れる妻籠宿夫と妻はもたれあひつつ

九　戀と見紛ふ

位階昇進が第一に望まれる宮中にあつて、光源氏はわが子夕霧に人格の基礎は学問と、寮試を受けさせる。夕霧は父の思ひにしつかりと応へた。

位階昇進より学の廻り道子よたをやかに育ちゆくべし　「乙女」

同じ邸で成長した夕霧と雲居の雁、いとこ同士の初初しい戀がみづみづしく描かれる。

顔と顔見《まみ》えて住まふ子と姪の想ひ炎ゆれば雁　紅鶴《フラミンゴ》　「乙女」

光源氏念願であつた六条の院が完成。西南の邸には元の住人梅壺（秋好）中宮、光源氏と紫の上は東南の邸。東北は花散里邸、西北には明石の君邸が配された。

各々に花を配置の六条院君とわが観る終《つひ》のをりふし　「乙女」

かの夕顔の遺児玉鬘は乳母《めのと》とその家族に守られ成長した。太宰の地を旅立ち困難な旅の末、初瀬の観音参りで右近と劇的な再会を果たす。

漂泊の日日は解《ほど》けぬ初夜《そや》初瀬観音参りに宿る海石榴市《つばいち》　「玉鬘」

やがて光源氏と会つた玉鬘。彼は玉鬘を自邸に引き取り、子として丁重に扱つた。

初衣父が択べば艶艶し君は想ひの外の上品《じやうぼん》　「玉鬘」

後世、姫君方の嫁入り道具には物語の写本一式は不可欠なものであつたやうだ。人々は先ずこの「初音」の巻から繙《ひもと》いたと言はれる。六条院での艶やかな新年の祝ひが繰り広げられる。

乙女がここより開くものがたりけさ千年の初音聴かせよ　「初音」

千年の間読み継がれてきた『源氏物語』。人人のこの作品への想ひが文化遺産としての『源氏物語』を作りあげた。

ペーパーレス消えゆくのみの現世に語り継ぐべき章《ふみ》を襲《かさ》ねる

春の邸に船を唐風に仕立てて遊ぶ、これ以上雅で贅沢な遊びはない。最も華やかな場面である。

龍頭鷁首《りようたうげきす》仕立てて謡ふ舟遊び　うたの返しは胡蝶にさせむ「胡蝶」

美しく成長した玉鬘、光源氏にとっても危ふい媚薬のやうな存在ではある。

愛は戀と見紛ふばかりたまかづら夜の帳に震へ止まずも　「螢」

文字が壊されないやう祈るばかり。

指先の遊びが過ぎる愛し子《いとし》よりケータイ奪ふ「これ、命綱」

十　篝火の戀

玉鬘に想ひを寄せる兵部卿の宮。ある夜光源氏は玉鬘の周辺に隠し持つた螢を放つ。光に映える
その横顔は息を呑むほどに美しかつた。

六条院絵巻の五月《さつき》さと射かく螢に顕つや我が娘　こひびと　「螢」

おつとりとした花散里の人柄に光源氏は心慰められる。共寝なき夫婦の姿がここにある。

女男《めを》を超へ結ばるる戀花散れば隔ての几帳揺れて清《さや》けき　「螢」

かつての頭中将、今の内大臣こそ玉鬘の実父。和琴の名手であると知らされる。

音に聞く実父の和琴《わごん》　その音色深き奥義を語る父君　「常夏」

外腹の子近江の君を引き取つたものの、その出来の悪さに頭を抱へる内大臣。玉鬘は源氏の子とされたことに感謝する。

墨滴にたつぷり皮肉含《ふふ》ませて今姫君とそをわらふ父　「常夏」

光源氏は玉鬘に戀に似た感情をもちつつも、あくまでも父として接する。

戀しさが募る初秋この宵に添臥しとどむ松の篝火　「篝火」

夕霧、柏木たち若者の鳴らす楽の音が花散里邸の方から響いて、夢見心地の二人を我に返らせる。

男君連れもて奏《かな》づ楽の音に父は和らぐ　君はいもうと　「篝火」

ある野分の翌朝、光源氏は各妻の邸を訪ねる。

荒びたる野分明くれば訪《おとな》へり四季の邸に四季《をりふし》の妻　「野分」

御簾が風に吹き上げられるのを押さへる女房たち、それをにこやかに見る紫の上。夕霧がこの光景を見てしまふ。

むらさきの妻匿《しま》ひたる御簾《みす》の内御格子吹かれかひま見たりき　「野分」

玉鬘の裳着の儀式の前に、光源氏はその祖母の大宮を通して内大臣に事実を伝へる。

大宮をして知らしめしほんたうはゆめのうつつにまさるほんたう　「行幸」

実子玉鬘の裳の紐を結びつつ内大臣はこみ上げてくる想ひを抑へられずにゐた。

裳着の紐辛く結べば涙落つ泣きみ笑ひみ雨夜のその後　「行幸」

螢兵部卿と鬚黒大将からの熱心な求婚、帝への宮仕へを勧める光源氏、相談するとて母のない玉鬘は迷ひ悩む。

九月の戀文ふたり男を競はせて宮仕に揺るる姫　玉鬘　「藤袴」

鬚黒は遂に玉鬘を得る。いそいそと出掛ける彼に妻は突如火取りの灰を投げかける。鬚黒は唯一陽性な三枚目として描かれている。

戀の勝者となるは哀しき　唐突に灰を被《かづ》きて鬚黒大将　「真木柱」

鬚黒大将の姫真木柱は母と共に祖父式部卿に引き取られることに。姫は去り際に柱にうたをかく。

家を離れ母と去る日やのこしたるうたは消えずも真木の柱に　「真木柱」

明石の君の姫君は紫の上のもとで成長、裳着の式を迎へる。六条御息所の姫、今や今上帝妃秋好中宮も立ち会つた。

掌中の花は開けり待たれつついつか入内《じゅだい》のゆめは現《うつつ》に　「梅枝」

十一　運命《さだめ》の戀

遂に結ばれた雲居の雁と夕霧。二人の語らひには幸福感が漂ふ。

慣れし家に君と住む日日　長過ぎた春は解《ほど》けぬあかねさす雁　「藤裏葉」

雲居の雁と夕霧の結婚。一方で入内する明石の姫を通して紫の上、明石の君の交流も始まる。

とりたてて何をどうとは無けれども短編中編奔流となる　「藤裏葉」

光源氏は四十の賀を迎へる。今は鬚黒左大将の北の方となつた玉鬘から美しく盛つた若菜が届く。

四十の賀に召しませ若菜夫にも子にも慣れたる玉鬘より　「若菜上」

兄朱雀院から愛娘女三の宮の降嫁を望まれる光源氏、それを紫の上に告げる。どう展開してゆくのか。

華やかな和琴即興高調子名手柏木がやがて見る戀　「若菜上」

内親王を妻に迎へることは正妻をもつといふ事になる。

比すべくもあらねど君は幼かり姫君なれば正妻といへ　「若菜上」

朧月夜との再会に自制を失ふ光源氏。

再会は秘かごとなれ忘我たるおもひに君を再《ま》た抱きたる　「若菜上」

後ろ楯をもたない紫の上。降嫁が成れば正妻は女三の宮、光源氏の最愛の妻は運命を肯定するしかない。

いつさいの運命《さだめ》諾ひ差配せる君はいつしか二無《にな》きわが妻 「若菜上」

東宮妃となつた明石の姫君は男児を出産。明石入道は遠くこのさきはひを聞いた。

入内せし明石の姫は皇子《みこ》の母さきはひ遠く聞けり入道 「若菜上」

蹴鞠の際やや無防備であつた女三の宮を覗き見てしまふ夕霧と柏木。

気配にて戀することのあやふさを「ねうねう」となけ君の唐猫　「若菜上」

女性の側から考へると、この時代は戀に関しては、一方的に仕掛けられるのみであつた。

あかねさすむらさきニ宮三宮　定まりし世に生の苦を負ふ　「若菜上」

十二　密《ひそ》か戀

満願成つた明石の入道。六条院でも皇子誕生を祝つて住吉詣でを行ふ。

願解《ほど》き住吉詣での華やかさ栄誉の中《うち》に袖を絞るも　「若菜下」

光源氏は二十六歳年下の女三の宮に熱心に琴の指導を始める。

新妻に伝へるべきは琴《きん》の楽共に弾きつつ夜は冴えゆく　「若菜下」

琴伝授の場面が唯一夫婦らしい場面。光源氏の指南に素直に応へる女三の宮。

呂《りよ》から律へかはる一刻女楽君が謡へば伝授千金　「若菜下」

女房の小侍徒は不埒を働かうとする柏木を許さうとはしないが…

言ひ慕る小侍従組み伏せ忍ぶ端せめてみ声を聞かせてよ君　「柏木」

柏木からの文を慌てて座布団の下に隠す女三の宮。

密《ひそ》か戀茵《しとね》の文に明かさるる唐突迂闊が以降を誘《おび》く　「柏木」

病を得た紫の上は出家を懇願するが光源氏は許さない。

死に近きところを生きる現身《うつそみ》や出離といふはただ拠《よりどころ》　「柏木」

罪の意識ゆゑか柏木は徐徐に弱り死んでしまふ。男児出生後、女三の宮は出家を言つて譲らない。

五十日《いか》の儀を前に死ぬ人きつぱりと出家いふ妻　子の父「源氏」「柏木」

柏木の未亡人落葉の宮に近づく夕霧、帰宅すると子沢山の妻はその世話で大わらは。

父に似ざる父はゆめより覚めにける児が泣き騒ぐ母が宥める　「横笛」

柏木は死の直前、親友夕霧に愛用の笛を託してゐた。

幻に託す横笛　吹き寄せて由緒の一管せめて形見に　「横笛」

この笛は自分の元におくべきではない。涙と共に一切を告げる夕霧。

戀こそは人と人との結びつき愛《は》しくあやふき世を生き抜かむ　「横笛」

十三　千歳の戀

大病をして以来出家を願ひ続ける紫の上、父朱雀院に直訴して出家を遂げる女三の宮。

宿願の出離叶はず一の妻　蓮の台《うてな》を契る正妻《あまみや》「鈴虫」

子供っぽく頼りなげであつた女三の宮は出家により自己確立した女性に…

出家してこころの丈は高くなるたまきはる音を鳴けり鈴虫　「鈴虫」

光源氏をはじめ人人は冷泉院の御前に集い月の夜を過ごす。

漢詩和歌夜長の秋をつどひつつまどかにあはれ院とその父　「鈴虫」

柏木の未亡人落葉の宮に近づく夕霧、決して隙を見せない落葉の宮。

好き心見え隠れする実《まめ》やかさつんつんつんと冬芽ひらかぬ　「夕霧」

小野の山荘で夕霧に忍び寄られた落葉の宮、逃れようとする衣擦れの音は病身の母御息所に届いたであらうか。

病葉の御息所や野辺の秋衣擦れ届くほどの山荘　「夕霧」

落葉の宮からの文を読む夕霧に近づきさつと奪ふ雲居の雁、可愛い夫婦喧嘩が始まる。

待ちがての文を奪ひて家妻なる現身映ゆる雁　フラミンゴ　「夕霧」

夕霧は全く父光源氏と正反対。落葉の宮への戀はここでは叶はざる片戀に終はる。

鈍色の戀の苦手や成就までいくそばくかけつひの片戀「夕霧」

大病以来容態のはかばかしくない紫の上。彼女に育てられた明石の中宮の不安はいかばかりであらう。

育むは母となることかたはらにわれを憂へて中宮が在《あ》る「御法」

花散里、明石の君、光源氏の妻たちも今や打ち解け、紫の上の病の治癒の為に祈る。

歳月の果てにかたみに睦びあう妻のこころや二条、六条　「御法」

祈禱の甲斐なく紫の上は遂に薨る。理想の妻も一方では懊悩絶えぬ生涯であつた。

うそはうそまことはまこと契りたる千歳の戀も化野の露　「御法」

十四　戀は誘ふ

紫の上に先立たれた光源氏は遺された花花を見るにつけてもこころ痛む。

桜藤絶えざるさまに植ゑ置きし君を偲べり二条の晩春　「幻」

光源氏は特別に残してあつた紫の上の文を処分する。出家を志して。

水茎の千年《ちとせ》の形見捨つるこそこの身と世との別れとならめ　「幻」

巻名のみのこの章は光源氏の死を暗示する。「雲隠」は五十四帖に数へられないこともある。

あはれの限り見たりける後如何《いか》であらむ文無き章がその死を語る　「雲隠」

明石の中宮と今上帝の子「匂宮」と、女三の宮と源氏の子「薫」の二人が宮中で気高く美しいと評判が高い。「宇治十帖」と呼ばれる物語の展開である。

貴種二人《ににん》源氏を継げば薫りつつ匂ひときめくライヴァルとなれ　「匂宮」

やつと意を通じ合ふことができた夕霧と落葉の宮、夕霧は家妻雲居の雁と落葉宅に公平に通ふことに。

落葉の君雲居雁のふたり妻へ戀の律儀の黄金分割　「匂宮」

真木柱は亡き兵部卿との間に姫を産んで後、按察使《あぜち》の大納言と再婚。匂宮はこの姫に懸想、文を贈るが姫の眼中には結婚のことは全く無い。

園端《そのつま》の臘梅こそはゆかしけれ徒なる花の香を纏ひつつ　「紅梅」

蔵人の少将はふと姫君たちが楽しく遊んでゐる様子を覗き見、小躍りして喜ぶ。

あやふきは義父《ちち》のひと目の好奇心身を守る即ち見られざること　「竹河」

自制の利く理性的な薫、一方本能のままに行動する匂宮。今を盛りの二人の男性は対照的である。

秘めやかに薫る白梅匂ひつつ紅梅咲けば辺りさざめく　「竹河」

結婚相手の鬚黒は太政大臣にまで出世するが、思ひがけず死去。子宝には恵まれたものの、一人で子らの将来を考へねばならない玉鬘を夕霧一家、真木柱の子らが賑やかに訪ねる。

催馬楽のうたに訪《と》はれし玉鬘貴なる日日の寂しさを識る　「竹河」

「竹河」は、女三の宮、玉鬘について語りながら宇治十帖へと物語を繋いでゆく。

「竹河」の昔語りやかがなべて紡げば日月《じつげつ》淡く流るる

十五　戀は継がるる

宇治を訪れた薫は八の宮の生き様にこころ打たれる。

俗聖と同じこころに結ばれつ　宇治をゆき交ふつひの柴舟　「橋姫」

八の宮には二人の姫君が居た。姉の大君に戀した薫は姫の思ひを尊重、几帳越しに話し合ふだけで一線を越えようとはしない。

「へだて」なく語りたき男《ひと》　へだたりてこそ「へだて」なき女《ひと》「へだて」

危ふき　「橋姫」

大君に仕へてゐる老女から思ひがけなく出自の秘密を話される薫。父の遺した文を見せられる。

ゆくりなく出自の闇は明かさるる　みちのく紙に実父《ちち》の鳥文字　「橋姫」

正篇とは異なつた世界の宇治十帖。悩みに真実に生きやうとする人間の姿が描かれる。

世のことを越えて来し人幽かなる　そよここよりはたましひの界　「橋姫」

宇治には夕霧の別邸があつた。八の宮家に大挙して訪れる若い公達、程の良いもてなしを受ける。

酣酔楽《かんすいらく》奏でて渡る川向かう網代屏風もけふは華やぐ　「椎本」

勤行のさなか、八の宮は体調を崩しあつけなく死んでしまふ。

葉月有明の水面に月冴ゆる鐘は告げたり父宮の死　「椎本」

宮が籠もつてゐた寺の阿闍梨《あざり》は多分に教条的、死顔に対面することすら姫君は許されない。

看取りさへ許さぬ永訣《わかれ》　ふたり子は無明の夜に漂ふばかり　「椎本」

大君に接する薫はあくまで紳士的。対して、中の君に戀した匂宮は情熱のおもむくままに想ひを遂げる。

隔世の血は継がるるの理《ことわり》や戀する即ち想ひを遂ぐる　「総角」

結婚を拒み続ける大君は、自分ではなく中の君を妻にと薫に頼んでゐた。

葦の果てや想ひし君も奪はるるかへすがへすも悔やまれる首尾　「総角」

会う即ち契りを交はすが王朝の戀。薫は待ち続け触れざるままに姫を死なせてしまふ。

世の戀のとどのつまりはゆるし色　解けざるままに儚くなりぬ　「総角」

十六　擦れ違ふ戀

やがて新春、あの阿闍梨から蕨やつくしが籠に盛られて届く。

たどたどしき文添へられて届く籠　遺りし君に早蕨薫る　「早蕨」

匂宮の妻となつた中の君は二条の宮邸にゆくことに。

春霞たなびく中を出で立てる雁を去らせて京の二条へ　「早蕨」

大君の思ひに添つて愛した薫。契りを交はして後、妻中の君を愛する匂宮。共に真実の戀。

側《そば》に居て語りし戀もまことなら婚を交はして語るもまこと　「早蕨」

召人とはかつて八の宮に仕へた女房。八の宮はその子浮舟を認知しなかつた。

召人《めしうど》の認められざる女車常陸を立ちて京に到れる　「宿木」

綸言（帝の言葉）により、女二の宮との婚を勧められる薫。

綸言《りんげん》に下さるる菊　想ふ人心に沈め婚やなりゆく　「宿木」

亡き大君への想ひは消えぬまま、薫は帝の言に従って女二の宮と結婚する。

戀の後手悔いと思案をこき混ぜてきつぱり結ぶ姫宮との婚　「宿木」

中の君のもとに身を寄せる浮舟母子。好色な匂宮は浮舟に目をつけ忍んでゆくが、乳母《めのと》は浮舟を守り通す。

乳母ゆえ降魔《がうま》ともなるゆきずりの悪しき夢より君を守りつつ　「東屋」

強引に迫る匂宮から身を守るため、浮舟は三条の小屋に避難することに。

奔流の如き男心《おごころ》水泡《みなわ》なす身は東屋に逋《のが》るはかなき　「東屋」

大君を忘れ得ざる薫。中の君は訪れた薫に面差しの似た浮舟を紹介する。

連連とその面影を追ひにつつこの浮舟ぞ終《つひ》の形代《かたしろ》「東屋」

男女の戀とは、いつの世も擦れ違ひや、思ひ違ひに悩まされるもののやうだ。

相見つつも思ひ違ひやすれ違ひ女男《めを》の隔てぞかく新しき

十七　戀を葬る

大君の形代として浮舟を愛し宇治に隠した薫。匂宮は薫になりすまして浮舟と契る。

手折らざる花ぞ悔しき　身をやつし声音を抑へ思ひを遂ぐる　「浮舟」

薫の優しさを思ひつつも、匂宮との戀に身を沈めてゆく浮舟。

濃密の雪の二夜に沈みつつ生き身いつしか小島を離《か》るる　「浮舟」

貴種二人と同時に戀してしまふ浮舟。中の君のことを思ふと身が裂かれるやう。

しかすがに我に返れば道は果つ　ついてゆきたき水脈の泡沫《うたかた》　「浮舟」

浮舟は追ひ詰められ宇治川に身を投げる。

唐突に在り拠《ど》不明のそこかしこ哀切ゆゑに触るるべからず　「蜻蛉」

浮舟を失ったことで薫、匂宮はそれぞれに自問自答せざるを得ない。

さね葛互《かた》みに絡み自戒する捨つべきこころ守るべきこころ　「蜻蛉」

高僧横川の僧都に助けられた浮舟は手厚い介抱のもと意識を取り戻す。

蜻蛉のいのち繋げば蘇り意思もつ人となりにけるかな　「手習」

懇願して出家を果たす浮舟。小野に栖む尼君たちとの生活がはじまる。

得度して戀を葬《はふ》れどさらさらに生き継ぎ難し　小野に手習　「手習」

優しい姉中の君、横川の僧都などの善き人に囲まれながら辛くも生きた浮舟、召人の子といふ身分の儚さゆゑか。

召人《めしうど》の子の儚さの仄見えて定かならぬはこの世と女《をみな》　「夢浮橋」

投身の苦しみから充分に立ち直れたとは言へぬ浮舟。

半夏生生死まだらに在ることの夢の浮橋途絶えたるまま　「夢浮橋」

正篇の華やかさとはうつて変はつて、宇治十帖は人間を真正面からとらへた近代小説に通じる新しさをもつやうに思へる。

夕べには花も紅葉も見えずしてこころ深深川瀬に余る　「宇治十帖」

紫の系譜を継ぐといふこと

島内景二

1　源氏文化と宮本玲子

『源氏物語』は、生きてゐる。源氏文化は、二十一世紀の今日も、有効に機能し続けてゐる。「今、ここ」といふ掛け替へのない時と場所を生きてゐる現代人は、『源氏物語』を読むによつて、「なぜ、今なのか。そして、なぜ、ここなのか」といふ根源的な疑問への解答が得られる。だから宮本玲子は、この歌集に編まれた歌群を詠み紡いだ。

『源氏物語』が生きてゐるとは、そして、『源氏物語』を生かすとは、一千年前の死滅しつつある言葉に縋りつくことではない。作者と共にこの物語を呼吸し、すべての登場人物の人生を自分の人生として体験すること。それが、『源氏物語』を生きるといふことなのだ。

近代の与謝野晶子は、彼女なりに『源氏物語』の世界を懸命に生きた。その充足感が、次のやうに歌はれてゐる。

劫初より造り営む殿堂にわれも黄金の釘一つ打つ

与謝野晶子は、口語訳である『新訳源氏物語』と『新新訳源氏物語』、さらには『源氏物語』五十四帖を五十四首の短歌で詠んだ『源氏物語礼讃』によつて、源氏文化といふ殿堂に黄金の釘を打ち込んだ。

宮本玲子もこの歌集によつて、見事な「黄金の釘」を打つた。歌数は、『源氏物語礼讃』の三倍もある。美しく強靭な三本の釘が、現代の源氏文化を燦然と輝かせてゐる。晶子以降、何人もの文学者が『源氏物語』の口語訳を試みたが、宮本の成し遂げた源氏文化への貢献も、それに劣らない。それどころか、「和歌・短歌」の創作を通して『源氏物語』を新生させた成功例として、現代屈指の達成であると評価できよう。

『源氏物語』の世界を真率に生きれば、一人一人の登場人物の悲哀と絶望を、我が事として認識できるやうになる。すると皮肉なことだが、さういふ物語を創りあげた作者に対する不満も高まる。源氏文化の本質は、『源氏物語』を理解すればするほど、この物語への不信感が増大する点にある。人生の真実を読者に教へることで、自ら創りあげた芸術の殿堂を改築・改装させる意欲を読者に抱かせる物語。それが『源氏物語』なのである。

それゆゑ、いつの時代にも、自分が紫式部だつたら、かういふ人生を光源氏や紫の上に生きさせたいといふ、『源氏物語』の改作者が後を絶たなかつた。自分が明石の君の立場だつたら、お腹を痛めて生んだ娘には、かういふことをしてやりたい、自分が浮舟だつたら、「いい人」過ぎて愚かな男である薫に対して、かう言つてやりたい、などといふ風に、自分自身の人生観が『源氏物語』によつて鍛へ直されるのだ。それが『源氏物語』の影響力であり、日本文学史の本質だつた。

読者が、いつの間にか、創造的な文学者に生まれ変はつてゐる。その奇蹟を可能にするのが『源氏物語』だつた。これまでに何本、何十本、何百本、何千本、何万本の釘が、源氏文化の殿堂に打ち込まれたことか。釘の横にも、釘の上にも、釘は打たれた。それでもまだ、釘を打つ余地は残されてゐる。我が国の文化人は、よつてたかつて、この物語の改作に熱中してきた。だから日本文化は、現在あるやうなかたちで、立派に現存してゐる。

『源氏物語』の精神を受け継ぐとは、自分の手で新しくリニューアルした『源氏物語』を用ゐて、自らの人生と日本文化の方向性を大きく転換させるといふことなのである。

『源氏物語』を愛する者は、昨日までの『源氏物語』と戦ふ者なのであり、明日の『源氏物語』を呼び寄せる者でもある。それが、紫の系譜を継ぐといふことの真実の意味である。宮本玲子も、この系譜に連なつた。

2　塚本邦雄から宮本玲子へ

宮本玲子は、前衛歌人・塚本邦雄の魂の系譜を継ぐ者でもある。その塚本には、『源氏五十四帖題詠』（平成十四年、ちくま学芸文庫）といふ名著がある。五十四帖に因む五十四首の短歌だけでなく、五十四帖それぞれへの精緻な鑑賞文が付されてゐる。なほかつ、『源氏物語』をテーマとする対談も併載されてゐる。

宮本玲子が刻み込んだ黄金の釘は、塚本邦雄の釘と並んでゐる。しかも、宮本の短歌は、塚本邦雄の創刊した『玲瓏』に掲載された。「玲子」と『玲瓏』とが響き合ふのも、ゆかしい。言はば塚本邦雄と宮本玲子の共同作業である本歌集の上梓に、『源氏物語』の研究者である私が関はり合へたのも、うれしい。『源氏五十四帖題詠』で塚本と対談したのは私であつたし、かうやつて宮本の歌集の解題を執筆する僥倖にも恵まれた。

ここで、現在までの源氏文化の歴史を、簡潔にたどつておかう。

「源氏見ざる歌詠みは、遺恨のことなり」。藤原俊成が『六百番歌合』の判詞で宣言した、日本文化史上の画期的マニフェストである。時に建久四年、西暦一一九三年の秋であつた。鎌倉には既に幕府が創設されてをり、時代は中世へと足を踏み入れてゐた。

都では、後鳥羽院の周辺に、藤原定家・藤原家隆・藤原良経などの天才歌人が綺羅星のごとく集つた。そして、元久二年、西暦一二〇五年の『新古今和歌集』の成立が間近に迫つてゐた。藤原俊成のマニフェストや藤原定家の活躍までには、約二百年の歳月があつた計算になる。作品『源氏物語』は紫式部の手によつて、寛弘五年、西暦一〇〇八年には一部が完成してゐた。藤成立から二百年後になされた『源氏物語』の復興は、何を意味してゐたのか。それを知れば、「源氏見ざる歌詠みは、遺恨のことなり」を座右の銘として、戦後日本で短歌革命を起こした塚本邦雄の志が見えてくる。そして、塚本の志を見事に継承しおほせた宮本玲子の志も、明らかとなる。

紫式部が書いた『源氏物語』は、三部五十四帖から成る大長編ではあつたが、建築における設計図のやうなものだつた。この設計図に手を加へ、さまざまな建築資材を掻き集めて、現実の「源氏文化の殿堂」を作らうではないかと宣言したのが、藤原俊成である。そして、最初の建築資材である「美学」の柱で棟上げしたのが、藤原定家だつた。この後、「人生」「仏教」「政道」「女の苦しみ」「悪魔主義」などの建築資材を用ゐた改修が次々となされ、そのたびに打ち込まれる釘が増えていつた。時として、『源氏物語』は何の役にも立たないと批判され、源氏文化の殿堂を破却しようとする暴動も起きたが、ことごとく失敗した。

塚本邦雄は、藤原定家の原点に立ち返つて「美学」に基づく源氏文化の建て替へを試みた。西洋モダニズムに親炙した塚本の「美学」は、藤原定家の「美学」とは異なる。アーサー・ウェイリーの英語訳を超えて、日本語として書かれた『源氏物語』を日本語のままで世界文化へ押し上げようとする試みだつた。

宮本玲子は「人間関係」といふ黄金の釘を武器として、源氏文化に身を投じた。若かりし頃に関西学院大学で、日本文芸学の泰斗である實方清氏や本位田重美氏から、古典の手ほどきを受けたといふ。宮本は、さらに塚本邦雄から「芸術家の魂」を吹き込まれた。さまざまな人間関係に恵まれた自らの人生の総決算として、『源氏物語』と真向かつた。

人間関係の中に、幸福も不幸もある。そのやうな立場から、『源氏物語』に積極果敢に挑んだ成果が、『玲瓏』六十四号から八十号まで連載された、この歌群である。

3 「真実の自己」を求めて

この歌集を編む際に宮本玲子が用ゐた戦略で特筆すべきは、近代短歌でほとんど顧みられなくなつた「詞書」の実質化である。詞書を排除し、三十一音の短歌形式のみで自立する独詠歌を大前提とする近代短歌に対して、宮本は「歌物語」の伝統から反撃した。『伊勢物語』は、先に散文の言葉があつて、その感動を和歌の絶唱が極大値にまで高めた。『源氏物語』でも、散文（地の文）と和歌が交響し合ふ場面構成が、無数に積み立てられてゆく。

宮本玲子は、詞書と短歌とが共鳴・響映し合ふ独自の現代短歌のスタイルを開発することに成功した。この歌集を読む読者は、この歌集が宮本玲子の独詠ではなくて、彼女が千年の時の隔たりを乗り越え、『源氏物語』の作者である紫式部と対話し続けてゐる「言問ひ」であることを実感するだらう。

宮本の言問ひの相手は、紫式部だけではなく、彼女の周りの親しい人々でもあり、この歌集を読むすべての読者なのでもある。すなはち、この歌集は結果的には「贈歌」の集合体なのだ。いや、正確にはやはり、紫式部の『源氏物語』を読んで宮本が感じた感動と違和感とを、紫式部への「返歌」として詠んだ歌を集めた返歌集なのだらう。だが、それがそのまま、この歌集の読者全員に向けての、「私は、かう解釈しましたが、皆さんは、どう思ひますか」といふ問ひかけへと変貌してゆく。

だから本書の読者は、宮本に返事しなければならない。そのためには、宮本玲子がこれまで読み続け、考へ続けた『源氏物語』なるものを、自分自身の生き方の問題として捉へ直す必要がある。読者を巻き込んで、『源氏物語』の原文を読むといふ行為の連鎖が起きるのだ。このやうにして、源氏文化は新たな宿主を発見し、二十一世紀の過酷な芸術環境の中で、しぶとく生き続けてゆく。

さて、その詞書だが、『源氏物語』で宮本が一読して忘れがたく思つた名場面に対して、彼女自身の言葉でコメントがなされてゐる。時折、登場人物に感情移入した彼女ではなく、『源氏物語』に触発された短歌を詠む宮本玲子の素顔が、露出する歌がある。

それぞれの連作は十首で構成されてゐるが、最後の十首目は、短歌に詠む宮本自身の感慨が、短歌で表白されることが多い。これは、『源氏物語』で、語り手が読者に向かつて直接に語りかけるナレーションの部分（「草子地」といふ）を、短歌創作に応用したものだらう。

歌人の素顔が垣間見えることで、この歌集の読者には『源氏物語』の世界に対する親しみが増す。また、『源氏物語』に懸ける宮本の執念も、ひしひしと伝はつてくる。

かつて卒論で取り上げた『源氏物語』を再読し、思ふままにうたで詠む。夢のやうな再会である。

ものがたりよみ解く隙のうたがたりこれより先はうたにあそばむ　「紫襲」掉尾

くつきりとした自己認識と観察眼をもつた紫式部といふ女性が千年前にこの大作を編み出した。

たましひを汚すものなし絢爛の戀を生死を女がかたる　「忍戀」掉尾

「これより先はうたにあそばむ」と言つてゐるものの、「これより先はうたと戦ふ」といふ決意の表明であらう。『源氏物語』を原文で再読しつつ、書かれてある内容を原寸大で理解し、あまつさへ紫式部が書かうとして書けなかつたことや、時代の制約で紫式部が書かうとも思はなかつたことまでも読み取る。さうしなければ、『源氏物語』といふ作品を解釈し、批評することができないからである。それらを成し遂げるには、膨大な時間がかかる。それができて初めて、解釈や批評の入口に立てる。最後に、そのやうにして熟成させた思索を短歌で歌ひ、千年前の紫式部へ向けた「返歌」とする。これは「あそび」ではなく、文字通りの「戦ひ」なのだ。

「くつきりとした自己認識と観察眼をもつた紫式部」とあるが、これはそのまま宮本玲子の自画像である。あるいは、さうありたいと願ふ宮本の理想像だらう。宮本は『源氏物語』を読みながら、その読書で得られた思索を短歌に詠む。そのことで、若かりし頃の「真実の自己」を確認し、これからを生きる「真実の自己」と邂逅することを目指す。『源氏物語』は、自己の真実を照らし出し、現前させるだけの力がある。

その力を信ずる者が一人でもこの世に存在する限り、源氏文化は滅びない、生きて、次の世代へと手渡されてゆく。

4　紫の系譜

抽象的な物言ひが長くなつて恐縮である。宮本玲子の試みの正統性と斬新性を理解するためには、源氏文化の歴史を知る必要がある、といふことを強調したかつたのである。

それでは、宮本の創りあげた短歌は、『源氏物語』とどのやうな緊張関係を持つのだらうか。歌集の巻頭を見てみよう。

物語の冒頭「桐壺」巻は時の桐壺帝の桐壺更衣への寵愛から始まる。数多の後宮の中、寵を一身に鍾めた女性に対する妬み、嫉みの凄まじさはただでさへ弱々しい更衣を次第に追ひ詰めてゆく。

いちにんの寵をきそへるあやふさの颪の襲の裾に霜置く　「紫襲」「桐壺」

白楽天の『長恨歌』を彷彿させる書き出し。漢学と国風文化が一体となつた美的世界がどのやうに作者紫式部によつて紡ぎだされてゆくのか、まことに興味深い。

御しがたき戀の嵐に靡くかなひともと昏き桐の花房　「紫襲」「桐壺」

「後宮の華麗三千人。三千の寵愛一身に在り」(『長恨歌』)。女たちは数多ゐるのに、帝は、たつた一人。三千倍といふ途方もない倍率で、女たちの寵愛を競ふ命懸けの戦ひが始まる。その結果は、勝者も敗者も、心の中に「死」を抱へ込んでしまふ。

「あやふさの颪の襲」といふ修辞が、秀抜である。女たちの嫉妬の視線が、危険な刃となつて、戀の勝者となつた桐壺更衣へと差し向けられる。更衣の裾に置いたのは、女たちの恨みを買つた苦しさゆゑに、更衣が流した涙。そこに、苦しむ更衣を救へない桐壺帝の涙も加はり、彼女の裾は涙の露でびつしよりと濡れそぼつ。その熱い涙に、愛されなかつた女たちの凄まじい嫉妬の冷気と寒気が襲ひかかる。すると、二人の涙は霜に変はる。ここから、『長恨歌』の「鴛鴦の瓦は冷たくして霜華重し。翡翠の衾は寒くして誰と共にせむ」といふ死別の悲しみまでは、あと一歩である。

二首目は、「御しがたき戀の嵐」と歌ひ始められる。桐壺帝とて、「延喜の盛代」をもたらした醍醐天皇を准拠としてゐる。決して、戀にうつつを抜かす愚か者ではない。だが「戀の嵐」の前には、天皇も庶民も、賢人も愚者も、老人も青年もない。人間は、「嵐」のやうな運命に翻弄され、吹き飛ばされて生きてゆくしかない。『源氏物語』は、人間関係をもてあそぶ運命を、「戀」といふわかりやすいかたちで造型してゐるのである。

嵐に揉まれて靡く「桐の花房」は、桐壺更衣の比喩。「ひともと昏き」とある。黄昏の薄暮に滲んでゆく桐の花の紫。その花房は、嵐で散つてしまふ。だがその後も、運命の前には必ず敗北するとわかつてゐながら、これから「愛の可能性」と「人生の生きる意味」の発見を目指して、華麗な戀の絵巻が繰り広げられる。それが、「紫のゆかり」と呼ばれる『源氏物語』である。

そのやうな『源氏物語』を深く理解する一方で、冷静に人間関係を観察する緊張関係を保つて、宮本玲子は歌ひ続ける。それが、紫の系譜を現代に継承することに成功した最大の要因であらう。

5　虚構といふ真実、真実といふ虚構

宮本玲子の短歌は、『源氏物語』のあらすぢを再述してゐるのではない。詞書と和歌の組み合はせといふ形式で、批評を試みてゐるのである。その批評精神は、師である塚本邦雄ゆづりである。なほかつ、優雅な抒情性が鮮烈である。紫の上などの「少女＝乙女」を歌ふ時のみづみづしさは、宮本が永遠の少女性を保ち続けてゐることを示してゐる。

宮本玲子は歌ふことで、もう一度、人生を生き直してゐる。そして、何度でも生き直したいと願つてゐる。その彼女が、生き替はり、死に替はりして歌ひ続け、正篇第二部の終幕で見届けた光景は、どのやうなものだつたらうか。

祈禱の甲斐なく紫の上は遂に薨る。理想の妻も一方では懊悩絶えぬ生涯であつた。

うそはうそまことはまこと契りたる千歳の戀も化野の露　「千歳の戀」「御法」

宮本は、「うそはうそまことはまこと」と、言葉では歌つてゐる。だが、宮本に案内されて『源氏物語』の世界を生きてきた読者は、必ずやこの言葉の裏の意味を読み取るに違ひない。「うそはまこと、まことはうそ」であるのが、戀の真実であり、人生の真実でもあつたといふのが、この物語の結論であることを。

光源氏は、虚構の人物である。作者の紫式部の想念が創りあげた架空の人物でしかない。紫の上もまた、虚構の人物である。そらごとの人間が、そらごとの人間を愛し、喜ぶ。そらごとの人間が、そらごとの人間に愛されて、苦しむ。『源氏物語』は、その総体が虚構である。言つてしまへば、紫式部といふ大蛤の口から吐き出された蜃気楼のやうなものが、『源氏物語』の人間関係だつたのである。

だが、読者は確信する。光源氏の感じた生きる喜びや、紫の上の抱いた生きる苦しみは、真実のものである、といふことを。作品が書かれてから千年後を生きる読者が、今なほ涙を催すのは、『源氏物語』が窮極の真実を描いてゐるからである。

つまり、「まことはうそ」であり、「うそはまこと」であつたのだ。宮本玲子の口から紡ぎ出された数百首の短歌の一首一首には、登場人物の感じた「生きる手応へ」が封じ込められてゐる。宮本玲子は、「うそから出たまこと」を造型することに成功した。

『源氏物語』は虚構の文学作品であるのに、なぜ強烈なリアリティがあるのか。そのことを、中世の連歌師である宗祇も、考へ続けた。「古今伝授」を受け、源氏文化の体現者でもあった宗祇は、「真実でもなければ、虚構でもない」、「真実であると同時に、虚構でもある」といふ点に、『源氏物語』の本質を発見した。遠くからは見えるが近づいたら姿が見えなくなつてしまふ「帚木」、有りと見て手には取られぬ「幻」や「蜻蛉」、さらには存在するのか存在しないのかが曖昧な「夢の浮橋」。『源氏物語』には、「うそとまこと」の入り交じる巻名が、何と多いことか。それらの巻を詠んだ宮本玲子の歌を、読者はとくと味読されたい。

この歌集で宮本玲子は、虚実の入り交じる『源氏物語』の世界を、二十一世紀に再創造してみせた。私たちは、コンピュータの普及によるIT化が進展した情報社会においても、『源氏物語』で描かれてゐる人間関係が「真実」であることを確認できた。

源氏文化は、宮本によつて二十一世紀を生きる意義を肯定され、播種・発芽・成長・開花・結実のサイクルを完結させた。まことに美しい源氏文化の花だつた。生前の塚本邦雄に、是非とも読んでもらひたかつた。そして、その口から、感想を聞きたかつた。

私がこれから望むことは、二つある。一つは、宮本玲子に、さらなる源氏文化の真実を求めての登攀を続けてほしいといふこと。もう一つは、現代における最良の源氏文化の結晶を提示してくれた宮本に導かれて、一人でも多くの読者に自分なりの源氏文化を開花させてほしいといふことである。

最後に、私個人の思ひを記して、この解題を閉ぢよう。『源氏物語』の研究をテーマとする国文学者である私は、塚本邦雄といふ歌人と出会つて、多くのことを教へられた。それだけでなく、たくさんの人脈を塚本邦雄から分けてもらへた。このたび、宮本玲子の歌集と出会へたのも、塚本が創刊した『玲瓏』のお陰である。人間関係のありがたさと、えがたさに、胸が熱くなるのを禁じえない。ここから、源氏文化の新しい展開が始まる。私も、宮本からたくさんの勇気をもらつた。二十一世紀に於ける源氏文化の再興に向けて、さらに力を注ぎたい。

（平成二十六年三月、国文学者）

第二部　言問《ことと》ひ

これ詩型とは

ちはやぶる宇治十帖の滾《たぎ》つ瀬に落ちてのち咲く娑羅のしら骨

雁《かりがね》のかへりはぐれて立つ春の花なき里の雪のはだらや

人も惜し人も恨めし菊帝のうたならむダイヤモンドダストは

生ゆゑの戀するゆゑの絶唱と寒椿蕊《しべ》そそり立つらむ

ぬばたまの闇の戀よりさだかなる夕べ水無瀬の春の片戀

写実よりまづ始めむとうた詠みの嵌り込んだるぬばたまの闇

括《くび》れなき胴に楔を打込めりこれ詩型とは五七五七七

輪郭の定まらぬまま顔と顔合はせてみればのつぺらぼうの

定型よりこぼれ落ちたるうた反古のいのち束ねて雛《ひひな》に流す

鋸のかたみに反く歯を立つる業《わざ》以《も》て今宵迎ふ旧敵

戀の極意

氷片に触る銀河のあかときを荒《すさ》びつつ澄む私小説作家

夭折の墓標はるかに忘草　飛行機雲は空に吸はるる

シオンとはいづくの土地ぞ捕囚より解かれほのぼのことば明るむ

パン裂きしかの人と見る束の間にわが体内をよぎる血流

國滅び神滅びたるのち立てる人の枯野の僅《かそ》か灯《あか》るむ

絶え絶えの母音響くや百鳥の無明長夜に國語思へり

終末をいふとき眸《ひとみ》深かりき燃ゆる都市《ソドム》にて逢はな、おとうと

風狂のからくれなゐのたつた川流れ流さる戀の極意の

発熱のウツボカヅラが蠅溶かすまでの悦楽いつそ終末

つきつめてなにものおもふ竜胆のあすとはいはずけふのむらさき

青き水無月

菊帝の大刀の清《あを》さや軒菖蒲　さすがにうたの殺気みるかな

たはぶれの花鳥風月　壮年を過《こ》してあざらけし青き水無月

心ゆくかぎりの遊びなし給ふ水無瀬水無月夢よりはかな

かへる世はなき隠國の水無月におもひ冴えゆく遠島百首

硬質の撚《い》糸《と》に編まるるる雅歌なりき愛より深き戀といふなる

ひむがしに烟《けぶ》れるErōs空なりと夜を鎖して荒《すさ》ぶ天狼

驟雨喜雨たつたひと夜の雨嵐花を散らせり花を咲かせり

知らざるを原点として動き初む昴微動の衣擢れの音

柏木の鬢のほつれよ　死ぬほどの死に得るほどの戀にあへたか

三句切れ体言止の水鶏《くひな》かなあはれ寝覚めのとぼそ叩けり

檜のアニマ

憎しみの連鎖断つべし右暗喩左直喩のことば響かせ

秋水に冴え冴え潜《しづ》む斧にしてまだ火のにほひ寺山修司

硝子細工吹子の先の融通の夢成るまでのつかのまの無碍

快楽《けらく》よりこぼれ落ちたる一片の哀しみありと檜に檜のアニマ

曲水は忍戀《しのぶるこひ》をはこびしや待ちて恨みて會ひて會はざる

再《ま》た砂にペーパームーンを掬ひ取り面影取りと香り身に沁む

靡きつつ左右に乱るる花薄あなたはいつか節を掏り變へ

どうしても解らなかつたかの父をふつと温める夜《よ》のミルクpan

風下は流離の愁ひ吉野山櫻烟らせまどろみにつつ

学蘭でよさこい踊りに夜を明かすわが肉叢のま闇覚めよと

水の夢

手つかずの戀を掲げて朴の花その想ひ出を露と結ばむ

うらはらを見据えて華やぐ穂先あり千年先も女は女

詳らかならざる戀の顛末を糅して被くレザージャケット

なべて世は末法なりき地震《なゐ》去りし磐城さへこそ末世を繋ぐ

命題を示し給ひし近江人　馬手《めて》に血刀弓手《ゆんで》に短歌

若狭より大和へ奔る水の夢酔ひて寂しき女となれり

化粧《けはひ》せしピアス触れ合ふ四条大橋焦がるる程のおうなが見たい

風中にはんなり花芽育ちゆく風姿花伝の序破急を舞ひ

虚実の間《あはひ》の暗がり拓かれぬ　午後のお茶には毒を効かさう

ティタイムのやうな朝食とりながら円くなつたね鋭気眼力

アンソロジー

見るべきは見つと言ひたき邦雄歌集《アンソロジー》諳じ忘れ再た諳ずる

うなゐをとめ父の膝よりするり落ち立てば大観「無我の像」なる

嫗《おうな》をみないづれさざめく木屋町にながながし夜を咲け八重櫻

春咲き小花を犬のふぐりと名づけたる古人《いにしへびと》の眼羞しき

緩んでは又緊まりゆく花芽もういい加減にして風の気紛れ

いつか来る筈の日だつた　フリージアの白が立たせる母の静けさ

ガリラヤ湖畔歩むイエスを見つけたり文学として君が語るに

近江八幡関白殿を沈めたる条理正して碁盤の家並

スカイツリー天辺高く張り詰めてそこから相馬が見えるのですか

ジャスミンの香漂ふ鴨川に烏《う》毛《もう》立《りふ》男《を》の靡かざる礼《ゐや》

遠島百首

もしや君その日月《じつげつ》を遊べるやはかなく暮るる秋をたのみて

三句切体言止のほどの良さ花たちばなと誦しては詠まむ

一首捨て一首加ふる遠島に焼火《たくひ》神社の消ゆるなき光

おもひやれ初句切れつよきこころざし断《き》つて断《き》れざる向かう見ずやも

新古今成りしあかときおもひつつ命終までを永き竟宴

竟宴　撰集成立の行事

ここに来て帝王立たす「隠岐の海」気配さながら新島を守る

似絵《にせゑ》その影の濃淡重ねつつ百首辿ればなほあざらけき

みやこには遠き有様《ありやう》過しつつをりふしさらに深まるばかり

ふるさと想ひ籬《まがき》の裾にすだく虫切つてまた継ぐいのちの撰歌

切つて継ぐパッチワークのやうにゆめ仕上がるまでを生きてゆくのか

雪の玉水

こころ深くたつた一度の春を待つ雪の玉水零するまで

斎宮十年やがて出離の必定も君うたかたのうたに託して

一閃の光の如くさくら行き過ぎたる春をいくつ数ふる

胸底をふかく領せしものは何かならず人を待つとなきまま

加持祈祷には遠き胸乳よ従はざる女であると確かめてゐる

うたの師はなほ老い易く恙無し艶にやさしき体しるべせよ

時鳥鳴き初む空のそのかみの仮寝の宿をゆめ忘れざる

理《ことはり》の節目さやけき黒髪の今も必ずあたらしきひと

今様に憑かれし人をよそにしてあなたは何を見てゐたでせう

激流を一糸乱れず生き貫いたその玉の緒にそつと触れたい

式子内親王

また越ゆべしと

詞花繚乱うたの頂よそにしてさやの中山また越ゆべしと
世捨人たらむ願ひを負ひにつつ心いつしか山野に遊ぶ
一切の絆《ほだし》を脱ぎて出立《いでた》ちし漂白なれど有情を纏ふ
捨てしもの捨て得ざるもの月を愛《め》で花を愛《を》しみて庵を結ぶ
幼な子が鳴らす麦笛鋭くて夏の昼寝のゆめ破られぬ

大方は都に近く侘住めば風の随意《まにま》に人の声聞く

情念に遠く諦念にしもあらず往くも還るもこころ淡淡

遊《すさ》びつつ生きる極意のうたなれば九十四首を撰にとらるる

月読の吾も旅人やはらかく森影深き木霊を聴かむ

終章は花の下にて迎へむと願ひしことも遊びの続き

西行

夢中落花

若草の妻捨て子捨て流水に星掬はむと出で立つ男

しんしんと夢の低ひに零る花の覚めても胸は騒ぐかの戀

漂泊は核もつ人の憧れか生きる即ち流れて生くる

有心体いえ無心体淡淡と心そのままことばに紡ぐ

冬の波低くとよもす胸底に息する如くことば立ちくる

繙けば昔の戀の香のやうな愛《を》しき哀しき心や心

道の辺の清水の如きうたなればしばしと人の立ちとまりつる

心訳とふ響きゆかしき如月の黄昏に聴く鳥の空音を

閉ざされし世に閉ざされず女あり源氏を今も合せ鏡に

ひたすらの眼が有様《ありやう》を受け容れる何故は死ぬまで蹤《つ》きてくるもの

非在のうた　藤原良経

秋ゆゑに月清ゆゑに古今よりうたよみ人の心を奪ふ

若若し花月百首を繙かむ高枝に朴の花盗まむと

透徹の月読さへも惚れさせる心の果ては雪の夕暮

空にさへ虚しき想ひ張りて雪と見紛ふ池の花瓣《はなびら》

詠む人も詠まざる人ももろともにあはれと見たるさうなきことば

心屈し眺める秋の月冴えて胸の底まで透けるうつそみ

仮名序こその歌論なれ「深深と道に耽るも名をば希はず」

この才は天よりのもの吐息つくまにまのうたに夭折迫る

後鳥羽院御口伝にいふ初心の者まねなば正體なくなりぬべし

有つて無き非在のうたを曳きながらいちはながけたるサラブレッドは

花の歌人の日記より　一

一人《いちにん》を敢へて言ふなら定家郷花の歌人を日記に辿る

漢文体それも気儘のカナの振り読み人泣かせの迷明月記

音楽は瞬間はたと消え去りて乱世の四年六年を欠く

うたごころ与へられしはいつよりと問へば即座に西行を言ふ

百人に一首を選び遺したる色紙のうたは面影映し

払暁出発帝王よろこぶ熊野詣で栄誉なれども彼よろこばず
雨風の山に濡れつつ呟きは内に木霊すいい加減にして
危ふきはいつさい見つつ見ない振り父より継ぎて家を守り抜く
ともかくも一夫多妻の大世帯困窮病ひときに惨澹
あからひく古典の森に入りし人追ひつつ誦さむ万葉のうた

花の歌人の日記より　二

幽玄とこれぞ言ふべきうたがたり春の夜浮橋とだへたる章《ふみ》

惨として忌むべき卯月青年は初学百首を奏ではじめる

現世《うつしよ》は見ざりしままに紡ぐうたゆめのうつつは美しかりき

十九にて呟く如く言ひ放つ「紅旗征戎《コウキセイジュウ》吾ガ事ニ非ズ」

はすかひに月の光が届くとき細胞は覚む古歌のひびきに

ゆく川の流るる如き歳月の治承四年に日記《にき》は書き初む

若詠みの「夢の浮橋」ここ超ゆる絶巓《いただき》なくて風の秀《ほ》を踏む

鋭角にうたを断《き》りたるうたびとよ見ぬ世購《あがな》ふ扇《あふぎ》売りやも

左右なきと言ひたる帝の底力定家嫌ひが定家育てる

わが戀と思《も》へば些かむつかしき　ゆめに語れば縦横無尽

花の歌人の日記より　三

その判詞に三十路二年を費やする思念深かり「宮河歌会」（西行乞）

読み違《たが》へ降つて湧いたる勅勘も家には及ばず柳が竦む

鎌倉と縁を結ぶもいつよりと日記欠如の五年をさぐる

万葉に憑かれし君に手を取りて本歌取りなど深く伝授す

菊帝が向かう見ずなる乱の後鳥の跡字やつひの空白

御口伝に定家評して言ひ給ふ「まねねば正体なくなりぬべし」

読むほどに辿りたくなる「雪月花」雪月花のゆめの宴を

これよりは歌の家より家のうた小倉山荘落葉血紅

ながながし夜の筆もて遺したき有職故実家伝の写本

衣手に月と風とをひそめつつ通ふこころはさなきだに戀

建礼門院右京大夫集「花零りやまず」一

私家集いえ覚書書きちらすうたのあとさき詞《ことば》に紡ぐ

御匣殿《みくしげ》の背後垣間見たりしは天の雛《ひひな》や宮と中宮

月を愛で笙吹く人に請はるれば箏の琴さへいつか鳴り出づ

春の花秋の月にも劣らぬは殿上人の夜のささめき

君と逢ふ以前の吾に会ひたくて宮仕の日日をつぶさに辿る

菊合《きくあはせ》小松の大臣《おとど》に請はれたるうたを想へばうつつはたゆめ

治承より寿永に至る世の流れ大き舞台が奈落へなだる

公達が武者に戻りて出でゆきし屋島の海は想ひ見るのみ

八島の大臣《おとど》率ゐて籠る一とせも潮の流れが行方を決める

切つ先の鋭き心柱《はしら》紺青の溢るることば幾夜待ちけむ

建礼門院右京大夫集「花零りやまず」二

ながながしその詞書《ことばがき》ここにきて想ひ哀しみ炎《ほ》となりにける

中宮と同じ齢《よはひ》を歩みつつ現《うつつ》さながら絵巻の如し

母の箏祖父《おほちち》の笛彼《か》の似せ絵御子左家につながる血縁《えにし》

ぬばたまの闇の戀路の三つ巴文交はせしは男二人《ににん》

ひろくひろく愛する君と若き君いつか想ひは一途の君に

いま一度語り継ぐこそ哀しけれ栄華の日日よわが見し事実《まこと》

宮仕へもつて生《あ》れたるつつしみは楽のみならず書にもうたにも

美しく滅びゆきたる公達を詠みつつ語れ一管の筆

紅のいえ純白の萩紺青の空よび寄せる気配の文塚

うたふことは呼吸《いき》をすることよみ継げば逝きたる君のわれは語り部

建礼門院右京大夫集「花零りやまず」三

壇の浦水底色は何の色漆黒血紅もしや蒼白

滅ぶるは美しきかな生き死にをひと色に染め夕日落ちゆく

読み継げばはるけき北より届く音色《おと》そのすずしさを何に譬へむ

月光のさきはふ國よ今昔を超えて訪《と》ひたき大原の里

七十路を越えてこがるる君なれば一生《ひとよ》さに白き萩叢

反古を選《よ》り料紙漉かせて経を書く一行ごとにうかぶ面影

こんなにもひとつ面影辿る日日いのちの戀と君知らめやも

想ふまい想ふまいとぞ過ぐる日もまたたちかへり君を想へる

さにつらふ紅深き薔薇《さうび》なれ散るも咲《ひら》くもたつたひともと

読む毎にはたと膝打つぬばたまのブラックユーモアことば溢るる

曽根崎心中

相対死《あひたひじに》を真紅《まくれなゐ》に染めあげる谷町生魂《いくだま》夕陽が丘

吹きとほし行きつぱなしの潔さかささぎ橋の行《くだり》をうたふ

貰はれし花いちもんめのしどけなさ　さよなら三角また来て四角

語り部が語り終えたることのはを両手《もろ》のひらにそつと掬はむ

鵲の渡せる橋に立ちつくし昨夜《きぞ》のゆめまで忘れてしまふ

道行きは今真つ盛り息つめてとどのつまりを見つめつづける

夜の舟をふたり漕ぎゐし束の間をわれとそなたはあの夫婦《めをと》星

浮島を間《あひ》に隔ててつなぎ合ふ手と手冷たき鵲の橋

まなかひに北斗の星が光るときお初徳兵衛芯まで冴ゆる

終幕は始まりのとき知りつつも立ち上がれない緞帳の席

水底

武者泊《むしゃどまり》豊予の速吸海とふは涙瑚を抱き深くあるもの

川面よりひかり曳きつつ海となる君棲むくにのかなた眩き

記紀以降史書の有様《ありやう》聴きわけて水底ふかきブラックユーモア

埴輪のゆたかな無表情もて対峙せむ君のいかりの般若の面《おもて》

喪失はいついかにても必定のわが匹如身《するすみ》に会ひにゆかばや

洋銀の匙で初霜掬ひたしゆめの間に消ゆゆめ掬はむと

楔《くさび》などと言ひつつ通ふ往還の風吹峠風におされて

ひとひらの桜花びら閉ぢ込めて薄氷寂し夕にはたづみ

湯煙や君が会ひにし北限の猿を見むとていづこ向かはむ

血統のこの理不尽は断ち切るといちはながけのサラブレッドは

横尾昭男氏歌集「白鳥傳」より

水の惑星

阿修羅像に打たれし春の眩しさや怒り哀しみただ美しく

つくよみの吾は旅びと流水に指さし伸べて星を掬はな

ダケカンバ沼に映れる一コマがゆめとうつつを分き難くする

逢ひ初めは十六歳の「茂吉秀歌」再び会ひしは遠き日の歌会

見る見ざる見ざりしままにゆく川のことば遊びの果ての泡沫《うたかた》

見ひらきて人恋ふうたやうたふべき式子内親王丈高きうた

ふるさとをもたざる吾をはぐくみし紫蘭あぢさゐ夕焼け小焼け

桃の花下照る道はおぼろにて百年待たうゆめのつづきを

防人の妻といふ名のうた人の生の緒なるや白きさざんくわ

櫻前線追ふ指先の冷たきをまどかにくるむ水の惑星

都の暦

馬の眸《め》に星ふり止まぬ聖夜かなかく美しき夜は知らざりき
月次《つきなみ》の行事をこなす余白には四季こもごもの鮮らけきメモ
都には厳しき冬と濃ゆき夏のどかな春と葵祭と
あからひく心ごころをちりばめて「枕草子」はみやこの暦
方違へ物忌みなどとむつかしき行事躱して薄羽蜉蝣

噴水の水の変化《へんげ》を鎮めつつ閑かに過ぎる京の日月

ひさかたの青水無月に雫され道行きそよろ涼風の立つ

祭とて建《たける》の裔《すゑ》を舞ふ童子きらりぎらりと刃が光る

あかねさす万葉集の紅の修司万智ちゃん米川千嘉子

麦わら帽の少女も二十歳颯爽と真夏涼しき草原かける

歌合はせ

どんな色にも変はる記憶の片隅にピエロ一人を住まはせてゐる

命終の渡る他なき吊り橋に幽けく勁《つよ》き蟬声を聞く

地下街に逐電したり花の宵散り散り散りて千本櫻

ニューオーリンズ大海原の果ての果て今も流れるルイジアナママ

法皇と式子の間《あはひ》肯へば木洩れ日に立つ有心と無聊

手輿《たごし》にて町衆訪《おとな》ふ後白河今様などを口遊みつつ

歌合はせ満座驚く左負け右の判詞は死ぬほど濃ゆき

雪月花夜の無辺に星見ざる今宵のうたは星で参らう

目を洗ひいくたびか洗ひ視る章《ふみ》の解きかねつる応仁の乱

色々の祇園囃子に吹く風の笛ふき鼓打つ品ぞ風流

遊びをせんとや

これやこの思ひ違ひの擦れ違ひ　谷の山水一葉に掬ふ

黄落の散り敷く日月重ねつつ見たり聴きたり始祖禹の在り処

上海杭州木涜西施殿もうどこへでも一緒にゆける

父祖の甥ロトの血を継ぐ都びと冷菓くはへて炎暑に滅ぶ

麒麟騎手愛し愛され飛翔せる君はいつしか時代《とき》のカリスマ

つらつら椿落ちつつ咲けるつらつらを摑まむとして目眩むかも

就中《なかんづく》師をよろこばすタラントの散つて帰らぬしのぶもぢずり

のびのび太遊びに遊ぶ日日を想ひ出させる梁塵秘抄

ほんねいゝあなうま唄ひしが遊びせんとやああ競べ馬

瀧の音絶えて久しき袋田に再び立てり吾子を抱きて

マリオネット

服はず風に靡かず草紅葉さう言へばエポックメイキングだつたペン

鈴ふる如き國語残れる北國にオロフレ峠オタモイ岬

流し雛おちゆく先は冥みつつ円かなる眉あからひく頬

想ひ出し笑ひを糸に見られたりマリオネットにもう戻れない

ベビーベッド嬰児眠れる危ふさに天の窓より光零《ふ》りくる

戦さにて死ぬなと言ひつつ最強の武器にて勝てり鍋島閑叟

あすか野に集ひて女男は言問ひつ懸ける応ふる始めのはじめ

願ひ込め込められ走るオペラオーこれぞ無音のスタートダッシュ

町衆は上ル下ルと賑ははし烏丸堀川となりの隣

祇園会や下京町衆の心意気みだりがはしき世を外にして

天下一統

此此《このごろ》都ニハヤル物夜討朝駆香合セ白塗り化粧《けはひ》乱レ眉引キ
天下一統メヅラシヤ御代ニ生デテサマザマノ事ヲミキクゾ不思議トモ
京童流行り廃りに鋭《さと》きかな萎えし指貫荒《さ》び烏帽子など
焔星いつか覚へた数式の0《ゼロ》を無限に連ねる遊び
白紙と鉛筆をもて生きる代に書き替へ著き古代中世

どこからも見ていてくれる父さんが宇宙の謎を解いてくれた

笑ひつつ哭《な》きつつ操れる日暦《ひめくり》のやがて哀しき江戸子守唄

徹底の議論重ねる教皇選その名ゆかしきコンクラーベ

甥と姪相似の眉目憎みつつ遂に見えず男雛と女雛

戦中戦後唄つた遠い戦さ歌歌ひ継がれて春がきました

あとがき

源氏物語詠を思い立ち、その再読にとりかかった私は、かつて卒業論文で取り組んだ頃より更に色鮮やかに見える物語に驚いた。

古典とは年を重ねるごとに新たな魅力をもって迫ってくるものだと心底思えた。物語の深淵を汲みあげられたかどうか疑念があるが、綴りうたを詠むとき、私は間違いなく千年の昔を生きることができた。夢のようなタイムスリップであった。

さて、第二部「言問《ことと》ひ」についてであるが、万葉集、古今和歌集、新古今和歌集には相聞歌が多くある。所謂恋文である。そして私の作品も愛する人に寄せた「言問ひ」である。感謝と敬意を込めて詠んだうたである。

いつの世も人は人を愛し、その心を言葉に紡いで生きてきた。

ことのはと言う楽の音が響きあった時、それに和し森という森の鳥たちもうたい始めるのではないだろうか。

出版にあたり源氏物語の研究者である国文学者島内景二氏に身に余る解題をいただいたことを深謝したい。

この歌集は私の生涯の記念となった。

宮本　玲子

参考文献

『日本古典文学大系源氏物語』岩波書店
塚本邦雄著『源氏五十四帖題詠』筑摩書店
与謝野晶子著『源氏物語』ＫＡＤＯＫＡＷＡ
瀬戸内寂聴著『源氏物語』講談社
久松潜一・久保田淳著『建礼門院右京大夫集』岩波書店
本位田重美著『建礼門院右京大夫集全釈』武蔵野書院
堀田善衛著『定家明月記私抄』筑摩書房

著者プロフィール
宮本 玲子（みやもと れいこ）
愛知県生まれ、兵庫県在住。
関西学院大学文学部日本文学科卒業。
著書に『トンカチのうた―三人の息子達に贈る母の育児記録』（1996年、近代文芸社）がある。

千年の戀

2021年10月15日　初版第1刷発行

著　者　宮本 玲子
発行者　瓜谷 綱延
発行所　株式会社文芸社
〒160-0022　東京都新宿区新宿1－10－1
電話　03-5369-3060（代表）
03-5369-2299（販売）

印刷所　株式会社フクイン

ISBN978-4-286-22933-1